脚本 コクリコ坂から

宮崎 駿・丹羽圭子

イメージボード　宮崎　駿

コクリコ荘
北側
内

隣家の生垣

のびすぎたつつじ
コクリコ荘の門の内
一寸荒れる。コクリコアリ

脚本 コクリコ坂から

宮崎 駿
丹羽圭子

角川文庫 16888

目次

企画のための覚書「コクリコ坂から」について

「港の見える丘」

企画　宮崎　駿

1980年頃『なかよし』に連載され不発に終った作品である（その意味で「耳をすませば」に似ている）。高校生の純愛・出生の秘密ものであるが、明らかに70年の経験を引きずる原作者（男性である）の存在を感じさせ、学園紛争と大衆蔑視《べっし》が敷《し》き込まれている。少女マンガの制約を知りつつ挑戦したともいえるだろう。

結果的に失敗作に終った最大の理由は、少女マンガが構造的に社会や風景、時間と空間を築かずに、心象風景の描写に終始するからである。

少女マンガは映画になり得るか。その課題が後に「耳をすませば」の企画となった。「コクリコ坂から」も映画化可能の目途《めど》が立ったが、時代的制約で断念した。学園闘争が風化しつつも記憶に遺《のこ》っていた時代には、いかにも時代おくれの感が強かったからだ。

今はちがう。学園闘争はノスタルジーの中に溶け込んでいる。ちょっと昔の物語として作ることができる。

「コクリコ坂から」は、人を恋《こ》うる心を初々《ういうい》しく描くものである。少女も少年達も純潔にまっすぐでなければならぬ。異性への憧《あこが》れと尊敬を失ってはならない。出生の秘密にもたじろがず自分達の力で切りぬけねばならない。それをてらわずに描きたい。

「となりのトトロ」は、１９８８年に１９５３年を想定して作られた。ＴＶのない時代である。今日からは57年前の世界となる。

「コクリコ坂から」は、１９６３年頃、オリンピックの前の年としたい。47年前の横浜が舞台となる。団塊《だんかい》の世代が現代っ子と呼ばれ始めた時代、その世代よりちょっと上の高校生達が主人公である。首都高はまだないが、交通地獄が叫《さけ》ばれ道も電車もひしめき、公害で海や川は汚れた。１９６３年は東京都内からカワセミが姿を消し、学級の中で共通するアダ名が消えた時期でもある。貧乏だが希望だけがあった。

新しい時代の幕明けであり、何かが失われようとしている時代でもある。とはいえ、映画は時代を描くのではない。

女系家族の長女である主人公の海《うみ》は高校二年、父を海で亡くし仕事を持つ母親をたすけて、下宿人もふくめ6人の大世帯の面倒《めんどう》を見ている。対する少年達は新聞部の部長と生徒会の会長。ふたりは世間と大人に対して油断ならない身がまえをしている。ちょっと不良っぽくふるまい、海に素直なアプローチなんぞしない。硬派《こうは》なのである。

原作は、かけマージャンの後始末とか、生徒手帖《てちょう》が担保とか、雑誌の枠《わく》ギリギリに話を現代っぽくしようとしているが、そんな無理は映画ですることはない。筋は変更可能である。学園紛争についても、火つけ役になってしまった自分達の責任を各々がはっきりケジメをつける。熱狂して暴走することはしない。何故《なぜ》なら彼等には、各々他人には言わない目標があり、その事において真摯《しんし》だからである。

少年達が遠くを見つめているように、海もまた帰らぬ父を待って遠い水平線を見つめている。

横浜港を見下ろす丘の上の、古い屋敷の庭に毎日信号旗をあげつづけている海。

「U・W」旗——(安全な航行を祈る)である。

丘の下をよく通るタグボートのマストに返礼の旗があがる。忙しい一日が始まる朝の日課のようになっている。

ある朝、タグボートからちがう信号が上る。

「UWMER」そして返礼のペナント一旒《いちりゅう》。誰か自分の名前を知っている人が、あのタグボートに乗っている。MERはメール、フランス語で海のことである。

海はおどろくが、たちまち朝の家事の大さわぎにまき込まれていく。

父の操《あやつ》るタグボートに便乗していた少年は、海が毎日、信号旗をあげていることを知っていた。

(ちょっとダブりますが)

舞台は、いまは姿を消した三島型の貨物船や、漁船、はしけ、ひき船が往来する海を見下ろす丘の上、まだ開発の手はのびていない。祖父の代まで病院だった建物に、和間の居住部分がくっついている。学校も一考を要する。無機的なコンクリート校舎が既《すで》にいくらでもあった時代だが、絵を描くにはつまらない。登校路は、まだ舗装《ほそう》されていない道も残り、オート三輪やらひっかしいだトラックが砂埃《すなぼこり》をあげている。が、ひとたび町へおりると、工事だらけの道路はひしめく車で渋滞《じゅうたい》し、木製の電柱やら無秩序《むちつじょ》な看板がひしめき、工場地帯のエントツからは盛大に黒煙、白煙、赤やらみどり（本当だった）の煙が吐《は》き出されている。大公害時代の幕がきっておとされ、一方で細民窟《さいみんくつ》が存在する猛烈な経済成長期にある。その横浜の一隅《いちぐう》を舞台にすることで下界の有様がふたりの直面する世間となる。その世界を俊《しゅん》と海が道行をする。そこが最後のクライマックスだ。

出生の秘密については、いかにもマンネリな安直なモチーフなので慎重なとりあつかいが必要である。いかにして秘密を知ったか、その時ふたりはどう反応するか。

ふたりはまっすぐに進む。心中もしない、恋もあきらめない。真実を知ろうと、ふたりは自分の脚でたしかめに行く。簡単ではない。そして戦争と戦後の混乱期の中で、ふたりの親達がどう出会い、愛し生きたかを知っていくのだ。昔の船乗り仲間や、特攻隊《とっこうたい》の戦友達も力になってくれるだろう。彼等は最大の敬意をふたりに払《はら》うだろう。

終章でふたりは父達の旧友の（俊の養父でもある）タグボートで帰途《きと》につく。海はその時はじめて、海の上から自分の住む古い洋館と、ひるがえる旗を見る。待ちつづけていた父と共に今こそ帰るのだ。そのかたわらにりりしい少年が立っている。

原作のエピソードを見ると、連載の初回と二回目位が一番生彩《せいさい》がある。その後の展開は、原作者にもマンガ家にも手にあまったようだ。

マンガ的に展開する必要はない。あちこちに散りばめられたコミック風のオチも切りすてる。時間の流れ、空間の描写にリアリティーを（クソていねいという意味ではない）。脇役の人々を、ギャグの為の配置にしてはいけない。少年達にいかにもいそうな存在感がほしい。二枚目じゃなくていい。原作の生徒会会長なんか〝ど〟がつくマンネリだ。少女の学校友達にも存在感を。ひきたて役にしてはいけない。海の祖母も母も、下宿人達も、それぞれクセはあるが共感できる人々にしたい。

観客が、自分にもそんな青春があったような気がして来たり、自分もそう生きたいとひかれるような映画になるといいと思う。

以上２０１０．１．27

登場人物紹介

登場人物紹介

松崎《まつざき》海《うみ》（16）　主人公　高校2年生
風間《かざま》俊《しゅん》（17）　高校3年生　週刊カルチェラタン編集長
水沼史郎《みずぬましろう》（17）　高校3年生　生徒会長　俊の親友
松崎《まつざき》空《そら》（15）　海の妹　高校1年生
松崎《まつざき》陸《りく》（13）　海の弟　中学3年生
松崎良子《まつざきよしこ》（38）　海の母　大学助教授　英米文学
松崎《まつざき》花《はな》（61）　海の祖母
沢村雄一郎《さわむらゆういちろう》　海の父

北斗《ほくと》（24）　研修医
広小路《ひろこうじ》（21）　画学生
牧村《まきむら》（23）　BG　ビジネスガール（今でいうOL）
源《げん》さん（36）　米屋の主人
友子《ともこ》さん（35）　源さんの妻　コクリコ荘の通いのお手伝いさん
信子《のぶこ》　海のクラスメイト
悠子《ゆうこ》　海のクラスメイト
風間《かざま》　俊の父　タグボートの船長
小野寺《おのでら》　雄一郎の親友　航洋丸《こうようまる》の船長
徳丸理事長《とくまるりじちょう》　港南《こうなん》学園理事長

脚本　コクリコ坂から

宮崎駿・丹羽圭子

——『脚本　コクリコ坂から』について——

監督は脚本をもとに絵コンテを描きます。そして、スタッフは絵コンテを手にして、映画を制作していきます。そのため、完成された映画は、制作現場での演出、制作、編集作業などにおいて、変更が生じ、脚本通りではないところもあります。脚本と完成された映画がどのように違うかを較べることも映画のひとつの楽しみになるかもしれません。

アバンタイトル

○太平洋（1952年）

灰色の海を静かに進むLST*。

と、突然、水柱に包まれ、大爆発。

静まった海を背景に浮かびあがる、二葉の写真。

セピア色に変色した古い写真——商船大学の制服姿の三人の若者。沢村《さわむら》雄一郎《ゆういちろう》、遺《のこ》された家族の写真——喪服姿の良子《よしこ》（27）と三人の子供。長女・海《うみ》（5）、次女・空《そら》（4）、長男・陸《りく》（2）。海はまっすぐ正面を見つめている。（F《フェード》・O《アウト》）

*LST（Landing Ship Tank）……揚陸艦《ようりくかん》、軍事輸送のための船。

○（F《フェード》・I《イン》）現在（1963年5月）の横浜港

早朝、日の出直前。

凶暴に煤煙《ばいえん》を吐《は》き出して林立する煙突群《えんとつぐん》。

工業地帯の運河をタグボートやら曳《ひ》き船が行き交《か》い始めている。

沖合いに停泊する貨物船、タンカー、すでに煙をあげている船もある。

桟橋《さんばし》のクレーン、倉庫街……。

それら港を見下ろすカメラはゆっくり＊PAN《パン》して、まだ高層ビルやら複合住宅のない家並みをなめ――まだ開発の届かない緑の丘の上に立つ、古ぼけた二階建ての洋風木造住宅をとらえる。

旗竿《はたざお》が一本、その庭先に立っている。

＊PAN……カメラ位置は固定したまま、首振りによって風景や周囲などを一望させるカメラワーク。

メインタイトル　コクリコ坂から

○コクリコ荘・階段

ほの暗い階段を足早に下りてくる海（私服）。

○同・台所

海、入ってきて窓を開ける。

仕掛けてある釜《かま》の蓋《ふた》を持ち上げ、確かめてから、徳用マッチの大箱から軸《じく》を取り出し、すばやくガスに点火して、窓の換気扇《かんきせん》の紐《ひも》を引く。

○同・台所の一隅《いちぐう》

海、机の上の父の写真の前に新しい水を置き、花をちょっと整える。

○同・庭

庭先へ出た海、旗竿に歩み寄り、素早く信号旗をくりつけ揚げる。
庭の向こうの木立の先には朝陽が届いている。
さわやかな空に「航海の安全を祈る」UとWの旗が翻《ひるがえ》る。
横から朝陽に輝き始めた海を眺める海。海からは木立と屋根でタグボートは見えない。

○船からの目線

木立からのぞく二階と旗竿に朝陽があたる。

○朝の海

光の中を走る小型のタグボート。

学生帽姿の俊《しゅん》がブリッジに立ち、信号旗を揚げる。

答礼旗とＵＷ（ありがとう）が翻る。汽笛一声。

俊、索《さく》をくり終えて丘を見る。

岸近くを進むタグボートの右舷《うげん》には、海岸沿いの町屋（商店街）と、早くも動き出した国道の車の列。背後に緑の丘がそびえ、屋敷町の屋根と立木の一番上に、朝陽を浴びる古ぼけたコクリコ荘の二階半分と、旗竿に翻る信号旗がキラキラと輝く。

輝く緑が美しい。

○コクリコ荘・食堂

開いたガラス戸から、降りて来る人の姿が見える。朝の挨拶。
割烹着《かっぽうぎ》姿で釜敷《かましき》におろした釜から、熱い飯をおひつに移している海。
牧村《まきむら》が配膳《はいぜん》を手伝う。
海「空、起きてました？」
牧村「鏡の前よ」
北斗「鏡よ、鏡、私は美しい？」
寝不足そのもので、ドッシリ腰をすえて納豆《なっとう》をかき回しつつつぶやく北《ほく》斗《と》。
陸がドアから覗《のぞ》く。
陸「お姉ちゃん、靴下《くつした》に穴あいた」
海、キャベツを盛った皿にハムエッグを載《の》せつつ、
海「ミシンのとこに出しといて。これ、陸の」
海、プレスハム三枚の皿を陸に渡す。
陸「お姉ちゃん、弁当、ギュッと詰《つ》めてよ」
味噌汁《みそしる》を椀《わん》にすばやく注いでいく海。
牧村がお盆に移し変えてテーブルに運ぶ。納豆に醬油《しょうゆ》をドボドボ注ぐ北斗。
牧村「わあ、またそんなに醬油入れて！」
北斗「これがいいんじゃない」
平然とかきまわす北斗。
海、パッと外へ。ドア半分あけただけで二階へ叫ぶ。

海「広小路《ひろこうじ》さーん、ごはんですよー」

広小路「(声) はーい」

きちんと身なりを整えた（和服)、祖母の花《はな》が入ってくる。

一同「おはようございます」

花「おはよう」

ゆったりと家長の席に座る花。

隣の席の良子の陰膳《かげぜん》を確認《かくにん》する。お皿の上にハムエッグ。

花「お母さんの分は、陸と広小路さんで分けなさい」

陸「ありがとう」

陸、花からお皿を受け取る。

海「(割烹着をとりながら) おばあちゃん、お茶を入れましょうか?」

花「いいよ、すませてきたから」

海、席に着く。テーブルの上はすっかり準備が整っている。

と、滑《すべ》り込んで来る広小路。

広小路「おはようございます！」
花「（頷《うなず》いて）みなさん、召《め》し上がれ」
一同「いただきまーす」
　皆が食べ始める。
　駆け込んで来る空。
海「遅刻！」
空「髪がまとまらないんだもん。（皆に）おはようございます」
広小路「十分きれいよ」
空「（ニッコリして座り）いただきまーす」
　あわただしいが、にぎやかで楽しい食卓。

○海～桟橋《さんばし》

俊の便乗するタグボート、栈橋に近づく。
あたりは町に囲まれた漁港の舟だまり。
俊、身軽に飛び降り、斉藤《さいとう》（甲板員《こうはんいん》）が投げた舫《もやい》をビットに掛《か》ける。
斉藤が自転車を俊に渡す。舫をはずす俊。
すぐタグボートは離岸《りがん》していく。ちょっと見送ってから自転車で走り出す俊。
向こうの煙突からはシャコをゆでる煙が上がっている。
俊、穴だらけの国道のひしめく車を縫《ぬ》って走っていく。

○コクリコ荘・台所

洗い物をする海。背後から「行ってきまーす」の声。
海「いってらっしゃーい」

○同・脱衣場

洗濯機の絞《しぼ》り機を、力を込めてまわす海。

○同・海の部屋

海、鏡に向かって制服をととのえ、サッと出て行く。

○同・門前

海が出てくると、米屋のオート三輪がとまる。
通いのお手伝いの友子《ともこ》（35）が助手席から降りる。
源《げん》さんが運転席から顔を出す。

源「海ちゃん、乗ってくかい？」

海「ありがとう。大丈夫」
走り出すオート三輪。

海「（友子に）お願いしまーす」

友子「いってらっしゃーい」
友子に見送られ歩き出す海。

○通学路

松の並木道の通学路。木の間に遠く海が見える。

早足で歩く海。
未舗装《みほそう》の坂道を、三々五々歩く中高生。
その横を時々、自転車通学生が駆け抜ける。

○港南学園中等部高等部・正門

古いがモダニズムのコンクリート建築の校舎が見える。

○高等部・海の教室

始業ベルの中、まだざわついている中、海が入ってくる。
海の席で待っていたように友人たち。

信子「見て。これ、メルのことじゃない?」
差し出された週刊カルチェ。
悠子「絶対そうよ。旗なんか揚げてるの、メルだけだもん」
海、椅子に座りつつ、カルチェを見る。
一番下の囲みに詩が一篇《いっぺん》。

少女よ　君は旗をあげる　なぜ
朝風に想いをたくして　よびかける彼方《かなた》
きまぐれな　カラスたちを相手に
少女よ　今日も紅と白の　紺《こん》に囲まれた色の　旗は翻《ひるがえ》る
――風――

詩の横には、信号旗のカットが描かれている。海が毎日、揚げているU

W旗。

海、ドギマギ。教室に先生が入ってくる音。

「キリツ」の号令に、顔を上げる海。起立する音が沸《わ》きあがる。

○同・渡り廊下

学食へ向かう生徒の流れ。

○同・学食

うどんとカレーを求めて、ひしめく生徒たち。

○同・テラス～カルチェラタン

後方の隅《すみ》のテーブルで、海と悠子《ゆうこ》が席をとって、手をあげる。

うどんを持った信子《のぶこ》が行く。お弁当の海。パンの悠子。

向かい側のオンボロの木造旧清涼荘《せいりょうそう》・通称《つうしょう》カルチェラタンの窓が、次々と開き、住人（男子生徒）が顔を出す。

何やら模造紙の巻物を用意する者もいる（垂れ幕代わり）。

カルチェラタン屋根窓が開き、少年が三人ほど出て来る。

風間《かざま》俊と水沼《みずぬま》、写真部の男。

気づく海。

どやどやと十数人の住人が、地上の防火用水水槽《すいそう》に集まり、鉄枠《てつわく》に張られた金網をずらす。カメラを持つ生徒たちが位置につく。

屋根上の水沼が叫ぶ。

水　沼「諸君、時間だ」
巻紙が二階の窓から放たれる。
〈取り壊し、絶対反対!!〉〈カルチェラタンの灯《ひ》を消すな〉
模造紙が裂《さ》けて、「カルチェ」以下はちぎれてしまう。住人どもの悲鳴
があがる。
屋根上で身構える俊。
水　沼「行きたまえ」
俊と見上げる海の目線が一瞬《いっしゅん》からむ。
「……!!」となる海。思い切って空中におどり出る俊。
舞い降りて来る少年。
息を呑《の》む海。周りで沸きあがる悲鳴。
と、水槽とカルチェラタンの間の立木にひっかかる俊。
もんどりをうって、大きな水しぶきと共に水中へ。緑色の水柱。
海、真先に駆け寄る。

緑色の水の中から俊が顔を出す。

海と俊の目が合う。手をのばす俊。おもわずその手を握《にぎ》る海。

カルチェ中が歓声につつまれる。

写真部員がカメラを向ける。そっちへ顔を向けニッと笑う俊。

途端《とたん》、海は手を引っ込める。バランスを崩して再び水中に転げ落ちる俊。

一斉《いっせい》にシャッターを押す写真部員たち。

テラスのテーブルに戻ってきた海。

信子「すごかったねー」

悠子「メル、大丈夫?」

海「ばかみたい」

腹を立てて座る海。

○コクリコ荘・玄関

学校から帰ってくる海。

海「ただいまー」

友子「(声) おかえりなさい」

○同・居間

洗濯物をたたんでいる友子。

海、入ってくる。

海「あ、すみません」

水道の水を飲む。

友　子「もう、おしまい。今日のサバ、安かったわ」

海「ありがとう。味噌煮にしよう。ちょっとおばあちゃんの所へ行ってきます」

○同・渡り廊下

花の和風住宅へ歩く海。

○同・花の座敷

西陽を浴びる海が見える座敷。縁《えん》の先には一寸《ちょっと》した和風の庭がある。

座卓を挟《はさ》んで、向かい合う花と海。

花、家計簿らしきものをチェックしている。

花「はい、たしかに。赤字にならないだけ立派だわ」

海「友子さんのお給金を、おばあちゃんに出していただいてるからです」

花「それはいいの。下宿屋をやらなくても、もともと来てもらうつもりだったから。それより海さん、あなたは大丈夫？」

海「……」

花「つらくない？」

海「（ニッコリして）みんながいてくれた方が、寂《さび》しくなくていいわ」

花「あのね……（間）、あなたが旗を揚げているのを見ると、あたしはとても切なくなるの」

海「……」

花「ほんとに、お父さんが恋しいんだなぁと思ってね。すてきな人が出来て、あなたが旗を揚げなくてすむようになったらいいのにねぇ……」

海「……」

友子が来る。

友　子「大奥様、今日はこれで失礼します」

花「ハイ、ご苦労さま」

海「私、晩ごはんの支度《したく》します」

立つ海。庭先の海は暮色に染まり始めている。

沖を行く船が、夕陽で輝いている。

○同・庭

日が落ち、海の色は紫色に沈んでいる。

手馴《てな》れた様子で旗を降ろしている海。突然、舞い降りて来る少年の映像が迫る。

びっくりして、おもわず手がとまる。

○同・台所

アジのフライを揚げる海。手早くキャベツを刻む。
テーブルでは、空が牧村と広小路を相手にキャアキャアやっている。

空「一年の女子で風間さんのファンクラブ作ろうって言ってるの」
牧村「へぇ……」
広小路「いい男？」

急に小声の会話になり、また笑い声がはじける。

○同・海と空の部屋

暗い部屋。布団《ふとん》の中で寝息を立てている空。

海、机の前に座っている。電気スタンドの小さな明かりの下《もと》、本（『チボー家の人々』）が開かれている。

机の上には写真立て（良子と幼いころの三人の写真）。

本の間から週刊カルチェの詩をそっと取り出す。

読み直し、物思いに耽《ふけ》る海。

○港南学園・カルチェラタン前

授業中。ひっそりとした掲示板に、週刊カルチェラタンが貼《は》ってある。

〈伝統の飛び込みで抗議―カルチェラタンを残せ―〉

空中の俊、海の手を取ろうとする俊、そしてずぶぬれの俊の写真。

○同・高等部校舎前

放課後、出てきた海を、空が待っている。

海「空、どうしたの？」

空「これ、買ったの。三十円で」

空、海に写真を見せる。空中の俊の写真。

海「三十円……こんな写真が」

空「かっこいいでしょ。せっかく買ったし、サインが欲しいの。ねえ、風間さんのところに行くの付いてきて。あそこ、ひとりじゃ行きにくいし……」

海「いやよ。私だって行ったことないもの」

空「お願い！」

頼み込む空。

○同・カルチェラタン

生垣《いけがき》の間のアプローチに立つ海と空。勇気を出して入っていく。

窓という窓からスローガンの布、洗濯物、干した植物などが垂れ下がり、古色蒼然《こしよくそうぜん》の弁論部の演説の声、かなづちの音、クラシック音楽……いろいろな音が聞こえてくる。

入口の階段下で、太陽の黒点調査をしている天文部員がふたり。

海、週刊カルチェの編集部を尋《たず》ねる。

天文部員「(無愛想に)三階。考古研の部屋だよ」

天文部員、再び、記録に夢中。

ふたり、おそるおそるカルチェの建物に入る。

薄暗く、ほこりっぽい。下にはゴミやらなにやら判らないものが集積している。

中央は吹き抜けのホールで階段と張り出し通路が取り囲んでいる。
呆然《ぼうぜん》のふたり。吉野《よしの》が、階段の手すりの間から顔を出す。

吉　野「よお」
海「考古研って、どこ？」
吉　野「この上、文芸部の看板が出てるよ」
吉野、顔を引っ込める。
こうなったら行くだけだ。海、先になって階段をのぼり始める。おどり場で板囲いの中の変人に声をかけられる。

哲研部長「やあ、来たか。若き哲学学徒。待っていた」
海「ハ……？」
哲研部長「新入部員を待って幾歳月《いくとしつき》。私の苦労はムダではなかった」
海「あの、いえ、考古研の文芸部の部室へ行く途中です」
哲研部長「まあ、遠慮《えんりょ》するな。実存主義について語ろうか。それともニーチェかな」

途端《とたん》に階上で爆発音。

二階の一室から笑い声と共に白い汚れた実験着の生徒が飛び出してくる。

ひどい匂《にお》いにむせる海、空。

哲研部長「化研め、思索《しさく》の邪魔《じゃま》をしおって……」

化学研部員「（海と空に）君たち、そこにとまるな。つかまると長いぞ」

逃げ出す海と空。

哲研部長「（声）なにをいう、曲学阿世《きょくがくあせい》の徒《やから》どもめ」

ガラクタだらけの廊下を進むふたり。

開け放した部屋でふたりの男子が詩を朗唱している。

現代詩研1「新たな詩人よ　雲から光から嵐から　透明なエネルギーを得て　人と地球によるべき形を暗示せよ…」

現代詩研2「新しい時代のコペルニクスよ　余りに重苦しい重力の法則から　この銀河系統を解き放て…」

海と空、さらに階段を上がっていく。

○同・カルチェ編集部

海、ようやく最上階に文芸部の看板を見つける。

出入口は土器片《へん》を入れたリンゴ箱が山積みされ、通路の半分以上を占《し》めている。

紙きれに週刊カルチェと考古研。それと文芸部の名もある。

突然、ドアが開いて、新聞部員の二年生、山崎《やまざき》と三村《みむら》が出て来る。

山崎「(驚いて) 松崎《まつざき》さん。部長、めずらしいお客さんですよ」

山崎たち、出て行く。

開け放したドアの向こうに、水沼がこちらを向いて立っている。

水沼「ようこそ文芸部へ。いや考古研か、まさかインチキ週刊誌カルチェラタンに用ではあるまいな」

俊「よせよ、水沼。入って」

ガリ版に向かっていた俊がこっちを見る。手に包帯が巻かれている。

覚悟して部屋に入る海と空。

空「あの……」

俊「?」

空、恥ずかしそうに写真を出す。

空「サインをお願いします」

俊「え?」

戸惑う俊。水沼が俊をうながす。

水沼「してやれよ。ヒーロー」

俊、水沼をちょっと睨《にら》み、胸のポケットから万年筆を取り出し、書きにくそうにサインをする。

空「ありがとうございます!」

サイン入り写真を受け取り、うれしそうな空。

俊「(包帯を見て) これ、あの時のじゃないよ。猫にひっかかれたんだ」

水沼、強がる俊をちょっと微笑《ほほえ》ましく見て、

水沼「そうだ、俊のかわりにガリをちょっと切ってくれないか。何しろ人手不足でね。ぼくは生徒会で忙しくて。あなたは妹さん?」

空「(赤くなって) ハイ、松崎空です。お姉ちゃん、手伝ってあげたら。わたしは字がヘタだし……」

となりでは、さっきからふたりの考古学徒が、なにやらカンカンガクガク始めている。

水沼が原稿を見せる。

〝ゲタの物理一学期中間テストはこれだ!! 的中率83%〟の字がおどってる。

水沼「君は二年だろう。物理の先生はゲタ?」

海「鈴木先生です」

俊「じゃあ、それは役に立つ。この学校一の水沼殿のさえわたった山ハリだ

　から」
水沼「そうそう、残り17%は自分の運だけどね」
　ドアを開けて、水沼が空をうながす。
水沼「じゃあ六時な」
俊「ああ」
水沼「松崎さん、出口までエスコートしよう。哲研にひっかかるとあぶないから、ね」
空「は、はい！」
　舞い上がっている空。出て行くふたり。
　俊が机についた海に顔をよせて指示する。
俊「このつづきを頼むね」
　海、鉄筆を使い始める。俊は切り終えた原紙を謄写版《とうしゃばん》にはりつける。
　考古研のふたりの会話は途切れがちになる。が、突然、
考古研A「とにかく行動あるのみ」

考古研B「このまま坐《ざ》して廃部にされてはOBに顔向けできない」

　ふたり、ダッと立ち上がり、出て行く。

　静かになる部屋。コリコリと原紙を削《けず》る海の音。器用に刷っていく俊。

　外から弁論部の演説の練習の声や、グラウンドの運動部のかけ声、小鳥のさえずりが聞こえてくる。

　窓から射《さ》す光はずいぶん傾《かたむ》いている。

　反射光が黙々《もくもく》と作業をつづける俊の横顔を射す。

　ほの暗いバックの壁には、過去の栄光につつまれたタブロイド版の港南新聞カルチェラタンのバックナンバーが、額に入って飾られている。

　六十年の安保特集、高校生のデモ参加の是非《ぜひ》。「長髪自由化だ、諸君、節度を保とう」……。コトリと鉄筆を置いて、海が切り終えた原紙を目で追う。

　静寂《せいじゃく》を破り、水沼が入ってくる。

水　沼「はじめるぞ、俊。松崎さんも出ませんか。カルチェラタン存続の集会なんだ」

海はダッと立つ。

海「もうこんな時間！　切り終えました」

俊「ありがとう。助かったよ」

○同・ホール

ホールの中で叫ぶ声。「集会——っ」

カルチェ住人「カルチェの住人よ。集まりたまえ、集会だぞ——」

部室から部員たちが出て集まってくる。

海、その間をすりぬけて外へ出て行く。

○通学路

夕陽が梢《こずえ》を染めている。急ぎ足で帰る海。

○コクリコ荘・玄関

海「ただいま」

玄関に入る海。中は電灯もつかず暗い。

○同・台所

駆け込んで電灯を灯《とも》す海。

制服の上に割烹着をつけ、米びつから洗い桶《おけ》に米を一升《しょう》入れる。五合升《ます》で二回。研《と》ぎ始めるところへ広小路が覗《のぞ》く。

広小路「お帰り、メル」

海「遅くなっちゃった。カレーにするから、野菜を刻んでくれる?」

広小路「イイヨ」

広小路、床下からジャガイモやニンジン、タマネギを積み上げる。

冷蔵庫を開けて覗く海。しまった、の顔。

海「あ……」

○同・渡り廊下

別棟《べつむね》に走っていく海。

○同・花の居間

TVを見ている空と陸。
歌番組で坂本九《さかもときゅう》が「見上げてごらん夜の星を」を歌っている。
駆け込んできた海。

海「おばあちゃん、ただいま」
花「お帰りなさい。遅かったね」
海「陸、坂の下まで買物に行ってくれない？　お肉屋さん」
陸「え〜、いま？」
海「空」
空「もうすぐ、舟木《ふなき》一夫《かずお》が出るのよ〜」
花「友子さんに頼まなかったの？」
海「お弁当に使っちゃったんです」

○同・台所

取って返す海。野菜を刻んでいる広小路。

海「十分たったら、お釜に火をつけて下さい」

○同・海の部屋

急いで制服をぬぐ。

○同・門

もう黄昏《たそがれ》。買物カゴを提《さ》げて、カーディガンをはおった海、小走りに出て来る。

商店街は坂の下だ。傍《かたわ》らで自転車の急ブレーキ音。見ると、なんと俊。

俊「買物?」

海「(びっくりして) ええ」

俊「乗れよ、下までだろう」

海「……」

俊「大丈夫、ブレーキをちゃんとかけられる (ホータイの右手を見せつつ) 乗れよ」

意を決して海、うしろから乗る。

○道

坂を下りる自転車。

海「集会は終わったの?」

俊「まだ。大荒れ。でも俺、門限があるんだ」

海「あれ、刷ったの、物理の」

俊「まさか、明日、早出して刷る。いつもそうさ」

海「(思い切って)風間さんに聞きたいことがあったの。カルチェに載《の》って
いた詩……」

途端《とたん》にブレーキ。暗いカドから出てきた人を避《よ》ける。

俊「なに?」

海「(タイミングを失い)ううん、いい」

もう商店街の通りに出た。明るい店々。

(といっても水銀灯はない、店の照明も白熱灯が多い時代。町にも闇が
多い)

ボンネットバスが通る。

○肉屋

肉屋の前にとまる自転車。

海「ありがとう」

海、自転車を降りて店先へ。ガラスケースを見る。

海「並を400下さい」

肉　屋「ハイヨ」

俊も降りて、揚物《あげもの》の方へ。コロッケ二コを買う。

海、俊に礼をいいによると、

俊「食えよ」

ひとつは自分の口にくわえ、もうひとつのコロッケを経木《きょうぎ》ごと海に差し出す。

思わず受け取る海。

俊「（コロッケをかじりながら）家まで持たないんだ」

海「お家はどこ？」

俊「本町」

海「わぁ、遠いのね」

俊「じゃあな」

サッと走りだす俊。雑踏《ざっとう》の中に消えていく。

見送り、歩き出す海。

坂をのぼりつつ、コロッケを一口かじってみる。

海「美味《おい》しい……」

不思議な胸の熱さに、思わずつぶやく海。

○朝の海

大きな船が動いている。

○コクリコ荘・広小路の部屋

描きかけのカンバスやら絵具が散らかっている。
つくりつけの寝台の布団にくるまっている広小路。
ふすまの外から海の声。

海「(声) ヒロさん……開けるよ」
海が覗《のぞ》く。

海「具合悪いの?」
広小路は布団をかぶったまま。空も覗く。

海「(空に) 先に行って」

部屋に入り、百号もあろうかという大作に気づく。
大胆な筆と色彩で朝の海が描かれている。息を呑《の》む海。
海「すごい……」
布団の中から広小路が顔を出す。
広小路「だめだ。夜描いたから色が出てない」
海「……綺麗だわ」
絵の下のほうの小船に、信号旗が揚がっているのに気づく海。
海「これ……」
広小路「よく通る船だよ。メルが揚げると返事してるみたい。そうか、メルからは見えないんだ……」
荒いタッチで描かれた絵の旗はUW旗らしい。
広小路、モゾモゾ起き上がり、
広小路「腹減った……」

○港南学園・校門

走る海。ギリギリに校門に飛び込む。もう、あらかた生徒の姿は見えない。

○同・下駄箱《げたばこ》

海、上履《うわば》きに履き替えていると、俊が走ってくる。

俊「おはよう」

海「おはようございます」

俊「刷れた。いい字だね」

手伝った週刊カルチェが差し出される。

海「よかった」
うれしい海。途端、予鈴《よれい》が鳴る。
ふたり、廊下を走り出す。

○同・階段

駆け上がる俊と海。
俊「放課後、討論集会があるんだ。出ないか?」
海「今日はダメなの。(友子さんが休み)」
言い終わらないうちに、先生とばったり。
海と俊、二階と三階に分かれていく。

○同・小講堂（外）

放課後。小講堂に集まって行く生徒たち。

○同・小講堂（内）

会場の中、壇上《だんじょう》で水沼が何やら指示している。
模造紙に描かれた文字。〈カルチェラタンの存続を！　全学討論会〉
入ってきた生徒たちは、椅子に腰を下ろして、ザワザワと待っている。
誰かを探しているような俊。

○通学路

ひとり学校から帰る海。住宅地の中にある、魚屋に立ち寄る。

○魚屋

オヤジが店先で魚をさばいている。

魚屋「毎度。今帰り？　子持ガレイのいいのがあるよ」

海「……じゃあ、それ」

魚屋「はいよ。お母さん、帰ってきた？」

海「まだ。後で取りに来ます」

歩き出す海。腕時計を見て、思い切ったように来た道を戻っていく。

○港南学園・小講堂

討論は灼熱化《しゃくねつか》している。長椅子はすっかり学生で埋《う》まり、立見も大勢いる。壇上の発言者テーブルで、推進派のひとりが熱弁をふるい、聴衆はある者は挙手をし、立ち上がり発言をもとめ、まわりと口論し、騒然となっている。

司会者の水沼は、平然となりゆきを見ている。友人達と後ろの方で立つ空は呆然《ぼうぜん》。その傍《かたわ》らに海がすべり込んで来る。

発言者「アンケートを採った結果、建替え賛成は711名。これは80%の生徒が建替え案を支持していることを表わしています。学校側の計画を受け入れるべきだと思います」

発言の途中から俊が、長椅子の背当の上におどりあがって大笑い。

俊「君たちは、保守党のオヤジ共のようだ。学生なら堂々と自己の真情をのべよ」

発言者やりかえす。

発言者「ルールを守れ。発言中だぞ」

弁論部員「中身のないヒョータンが数をたのむな！　千成《せんなり》ビョータン共」「侮辱《ぶじよく》するか」「カルチェの変人！」「私物化して偉そうに言うな」……etc。

怒号と笑い声と、悲鳴のひときわ高まる中、俊が椅子の背を八艘《そう》とびに壇上へおどりあがる。

俊「古くなったから壊すというなら、君たちの頭こそ打ち砕け！」

発言者「発言中だ、降りろ！」

かまわず俊、

俊「少数者の意見を聞こうとしない君たちに、民主主義を語る権利はない」

野次とかなきり声で、俊が何を言っているのかも判《わか》らない。壇に押し寄せる推進派。スクラムで阻止《そし》しようとする住人。もみあい。

俊のズボンに手が伸びて引きずられる。

俊、そのまま人の波の中に飛び込む。

壇上に両派の学生が駆け上がり、勝手に発言し始める。口論する者、笑って両手を振り回しているバカもいる。

海、背伸びをするが、何がなんだか判らない。水沼、クールに腕時計を見、正面ドアの方を見る。

正面のドアから、生徒がひとり飛び込んで来て、ドアを閉めつつ水沼に合図。

水沼、サッと姿勢を正して舞台真ん中に進み出、素晴らしいテノールで歌い始める。


水沼「白い花が咲いてた～」

もみあっていた俊たちも、そのまま歌い出す。

「ふるさとの遠い夢の日～」

壇上の連中も肩を組み、

「さよなら〜っと云《い》ったら」

扉から指導教官がふたり、入ってくる。クールな中年と運動着姿の体育会系。場内は全員起立して合唱している。海も空もドギマギしながら歌っている。

教官ふたり、中央通路の真ん中まで進み、まわりを見回しニヤッと笑うと戻って行く。

「悲しかったあの時の……」見事な水沼のソロが入って、大合唱は終わりに向かう。

○同・校庭

門への並木道。帰りを急ぐ海に、俊が追いつき並んで歩く。俊はガリ版を抱えている。

俊「集会、おどろいた？」

海「（クスクス笑って）とてもおもしろかったです。みんな凄いわ」

俊「いつもあんなものさ。８０％の生徒が建替えに賛成じゃ、水沼も動きが取れない」

海「あのね、お掃除したらどうかしら？」

俊「……」

海「古いけれど、とってもいい建物だもの。きれいにして女子を招待したら、みんな素敵な魔窟《まくつ》だって思うわ。私がそうだったもの」

俊「掃除か……でも、あいつら、ホコリも文化だって言うからなあ……」

海「物理の山ハリ、とても評判がいいの。みんな数Ⅱの山ハリを期待してるわ。私も」

俊、笑う。

パン屋の前で、止まる俊。

俊「悪いな。助かる」

　海にガリ版を渡す俊。

海「さよなら」

　歩き出す海。

俊「ありがとう、メル」

　驚いて振り向くと、俊がまだ見ていて手を振る。振り返す。

　うれしい海。いつもより夕陽が美しい。

海「あ、お魚屋さん！」

　あわてて走り出す。

○コクリコ荘・食堂

　夕食後、食卓でガリ切りをしている海。

横で、空と、帰ったばかりの様子でバッグを持ったままの北斗が大笑いしている。

北　斗「カルチェラタンか……私がいたころと変わらないね。生徒会長の水沼って同級生の弟だよ」

空「エエッ！　お兄さんも秀才だったの？」

北　斗「姉さん。今、宇宙物理をやってる」

空「スゴーイ」

牧　村「なあに」

牧村がウィスキーを持って来る。

海「チーズ切るわね」

北　斗「よーし、ねぇ、メル、私の送別パーティーにやつらも呼ぼうよ」

牧　村「誰を？」

北　斗「男ども」

広小路「オトコ？」

いつの間にか広小路も来ている。

○コクリコ坂

晴れ上がった休日。三々五々歩くパーティーの客。タクシーで来るものもいる。

○コクリコ荘・庭

海が信号旗を揚げている。五つの旗。

俊「(声) やあ」

声に振り向くと、俊と水沼が生垣の隙間《すきま》から覗いて手を振っている。

俊、信号旗を読んで、
俊「HOKUT……ホクトだ」
水沼「お前、通信旗が読めるのか」
ニッコリする海。微笑み返す俊。
海「門からまわって」
花「(声) お客様が来ましたよ」
海「ハーイ」
海の声、弾《はず》んでいる。

○同・中庭

テーブルや、ありったけの椅子が運び出された会場。
来客たちが賑《にぎ》やかに集って宴《えん》たけなわ。

北斗を中心にしたグループは、花や牧村、旧友などが群れ、笑いがはじける。

花の声がよく通る。

花　「遠くまで行かなくても、ここでお婿《むこ》さんをとって開業すればいいのよ」
牧村「あたしたち、追い出されちゃうの⁉」
北斗「その前にお嫁《よめ》に行くでしょう」
牧村「そう！　急がなくちゃ」

そんな騒ぎの傍《かたわ》らで、陸と広小路はせっせと料理を食べている。

水沼と俊は、ビール片手の先輩たちと情勢分析をしている。

先輩A「問題は理事会だな」
先輩B「校長はいい人だけどなあ」
先輩C「なに、タヌキさ」
先輩D「理事長はもっとタヌキだぜ」
先輩B「あの人、まだ校長やってるのか⁉」

先輩A「孤立を恐れず、しかし戦術には知恵がいるなあ」

○同・居間

手伝いの友子が、出前のすしの大桶《おおおけ》の傍らに、小皿や醤油さしなどを並べる。

海が使ったグラスを運んでくる。友子、受け取る。

海「グラスが足りなくなっちゃった」

友子「すぐ洗うわ。これ、お出しして」

海「はい」

すしの大桶を重ねた上に、お盆も重ねてサッと持っていく海。

○同・二階

西陽が差し込む二階。海が俊を案内して上ってくる。

海「ここは明治末に建てられたの。もとは病院だったのよ」

和洋折衷《せっちゅう》の凝《こ》った建物。黒光りする廊下、ケヤキの板戸、モダンな欄干《らんかん》や、猫が彫られた欄干など残っている。

海「曾《ひい》おじいちゃんが猫好きだったんだって」

俊「カルチェラタンと同じころの建物とは思えないね。綺麗だなあ」

突き当たりの開け放たれた窓辺によるふたり。

下の庭で、先輩たちが北斗を送る歌を歌っている。

水沼と空も並んでいる。

(けっこう上手な合唱)

〈合唱　♪　今谷間を去りゆく　やさしい君が笑顔　(レッドリバーバ

レー〉〉
ふたり、それを聴きつつ、
俊「お父さん、船乗りだったのか……」
海「こんな家でしょう。おじいちゃんとおばあちゃんが猛反対したんだって」
西陽がまぶしい。歌声が続いている。
海「それでお母さん、家を出て駆け落ちしちゃったんだって」
俊「やるなあ。お母さんは大学の先生だったよね」

○小さなアパート・ベランダ（海の回想）
物干し台にUW旗を立てて、建物の隙間の海を見つめている小さな女の子。

海「（声）旗を出しておけば、お父さんが迷子にならずに帰ってくると言われて、毎日、旗を出していたの」

○コクリコ荘・二階の窓辺

いつしか合唱は終わっている。

海「朝鮮戦争のとき、父の艦《ふね》が沈んでそれっきり……。それでも毎日、旗を出していたの」

俊、黙って聞いている。海、明るく、おかしそうに。

海「この家に引き取られてきた時にね。旗を揚げられないって、私が泣くもんだから、おじいちゃんが建ててくれたの」

海、歩き出して、俊も従う。

○同・良子の書斎

扉が開いて、海が俊を案内して来る。

海「ここがおじいちゃんの診察室だった部屋。今は母が書斎に使っているの」

医療器具の白い戸棚と並んで、机と本棚はいかにも英米文学者らしい本の山。

壁の一隅《いちぐう》に、一家の歴史ともいうべき額入りの写真が飾ってある。

若い良子と三人の子供の写真（冒頭に出てきた写真）。

その隣に、父親らしい若く、はつらつとした青年の写真。

俊「お父さん？」

海「それはおじいちゃん。父はこっち」

別の写真をさす。

海「ハンサムでしょう。結婚した頃だって」

写真を見つめる俊。張り詰めた特攻帰りのような青年。

海「私、この写真が好きなの」

引き出しから、写真館のカバーに入った古い写真を取り出し、開く。

戦時中の商船大学の制服姿の三人の若者。反対側にそれぞれの名前が。

俊の顔に緊張が走るが、海は気づかない。

俊「沢村雄一郎……」

海「父の名前。松崎はこの家のだから」

ドアから空が覗《のぞ》く。

空「お姉ちゃん、北斗さんの挨拶！」

海「いま行くわ。（俊に）行きましょう」

先に立つ海。机の上に残された写真からようやく顔を上げて続く俊。

○同・門の前

夕方。見送る空と海。
手を振って辞す水沼と俊。

○運河沿いの道

沈痛《ちんつう》な表情で歩く俊。
暗い灯《ひ》が水面《みなも》に揺れている。

○俊の家・玄関

すっかり日は落ちている。運河沿いの家。ガラス戸を開ける俊。

俊「ただいま」

○同・居間

俊が入っていくと、父が座ってテレビを見ながら晩酌《ばんしゃく》をしている。

風間「遅いな。母さんに心配かけるな」

俊「うん」

俊、父親の後ろを通って茶の間へ。

母「(台所から声) 俊ちゃん、ごはんは?」

俊「すませた」

　俊、戸棚からアルバムを引き抜き、持っていく。

○同・俊の部屋（二階）

　明かりが灯《とも》る。アルバムを開く俊。
　海のところで見たのと全く同じ、三人の青年の写真。
　写真に直にペン書きで名前が書いてある。

俊「沢村雄一郎……」

　窓の外を、灯火を灯した船がゆっくりと過《よぎ》っていく。

○港南学園・カルチェラタン前

エプロン、マスク姿で掃除道具を抱えた女子たちが続々と集まってくる。
近くを通る生徒たちは、何事かと見守っている。

○同・カルチェラタン

ホールに集まっている鈴なりの住人たち、エプロン姿の女子義勇兵。男子生徒も混じっている。
水沼が階段途中から挨拶をする。

水　沼「ボランティーアの皆さん、カルチェラタンへようこそ！　この文化財ともいうべき由緒《ゆいしょ》ある建物の保存のために手を貸していただけて、本当にありがとう！」

水沼一礼、女子たち拍手。水沼に手を振る空。海や信子たちもいる。

住人たち、女子たちの集団にまぶしそう。

水　沼「男どもは危険な作業を率先《そっせん》してこなすべし！」

住人たち「おおーっ」

大掃除が始まる。すす払い、片付け、モップでの床洗い。ブラシ、タワシも使う。運ばれる水。カルチェ全体が、物音、笑い声、叫び声に満ちる。

○同・カルチェラタン・階段

階段の踊り場の哲研は、小屋ごとズラされ、背後に隠されたガラクタの山が出現して崩壊する。後ろの壁に大きな穴、そこが本棚として使われている。すごいホコリ。汚れたトレーニングシャツ、パンツ、酒ビン!?

飛びのいて笑い転げる女子たち。

手すりが、運ばれる荷物に触れて落下。危《あや》うく何人かが受け止める。

何十年も空中に放置されていたランプシェードに、梯子《はしご》登りのように手が届き、ホコリが払われる。女子たちから拍手。

○同・カルチェラタン・文芸部・外

戸口から考古研、文芸部、週刊カルチェの木箱、紙の山、机、椅子が運び出されている。

室内を空っぽにして掃除しようという段取り。

信子たちの姿も混じっている。

○同・カルチェラタン・文芸部・室内

重い戸棚の上の紙の束と箱の山を、手ぬぐいで口元を覆《おお》って、机の上に乗った俊が下ろしている。

下で割烹着姿の海が受け取る。紙の束がすべて試験の答案用紙なのに驚く。

海「数Ⅰ…、数Ⅱ…答案用紙ばかり……」

俊「山ハリの大事な資料だよ」

海「あ、北斗さんの数Ⅰ……100点満点だわ！」

俊「え？」

俊、思わず机から下り、答案用紙を見ようとする。海と顔が近づき、ハッとする。

ドキッとする海。

そそくさと、離れる俊。

俊「おい、ここ代われ。みんな下ろしてくれ」

部員の山崎に言うと、考古研の木箱運び出しに手を貸し、外へ出て行く。

海「……?」

あれ、行っちゃうのと見送る海。山崎からすぐ次の紙束が下ろされてくる。

○同・カルチェラタン・文芸部・外

俊、燃やすガラクタを、考古研と担《かつ》いでいく。

俊「残すか捨てるか、悩むときは燃やせと、水沼殿のお達しだ」

○同・カルチェラタン・文芸部・室内

数人がかりで床をブラシで水洗いする海たち。

悠　子「ほんとに汚いわ」

信　子「この前は、いつ掃除したの？」

山　崎「僕が入部してからしたことありません」

悠　子「ヒャ〜っ！」

信　子「明日、バドミントンの子たち、連れてくる」

三村（部員）「おねがいしまーす！」

○同・カルチェラタン・廊下

海、汚れた水の入ったバケツを持って出ると、俊はホールの足場の悪い窓に取り付いて、外れた木枠を修理している。

とりつくしまのない感じ。

○同・カルチェラタン前

海、帰り支度をして出てくる。作業はまだまだ山場。
防火水槽の傍《かたわ》らで、ゴミ穴を掘って、盛大な焚き火が行われている。
バケツや網をずらした水槽など、水沼の手配は抜かりない。
シャツ姿の俊、山のようなガラクタを、炎の中に放り込んで行く。
水沼と空が、火を見ながら楽しそうに語らっている。
海「空ーっ、先に帰るよ」
空「はーい。夕食までには戻ります」

明るく手を振る空。水沼も会釈《えしやく》。
俊は炎を鉄棒でつついていて、こっちを見もしない。
海、怪訝《けげん》そうに俊を見て、校門に急ぐ。

○コクリコ荘・台所

カウンターを拭《ふ》いている海。思いに耽《ふけ》り、ふと手がとまる。
懸念《けねん》を振り払うように、ザッと水道をひねる。

○朝の運河

動き始めた工場群。煙、蒸気。スモッグで水平線まで鈍《にぶ》い金色にかすんでいる。

○タグボート

登校で便乗している俊。舳先《へさき》からブリッジに入る。

父が舵《かじ》を取っている。

俊「聞きたいことがあるんだけど」

風間「仕事中だ。簡単にしろ」

俊、ポケットからあの写真を出して見せる。

俊「この沢村雄一郎って人が、俺の本当の親父なんだよね」

風間「(不機嫌そうに) そのことは前に話したろ」

ちょっと怒ったような父。

俊「……」

風間「お前は俺の息子だ」

俊「うん」

風間、沈黙する。大きな船が傍らを通り過ぎる。前方に小型船が現れ、針路をよぎる。

操船に集中する風間。船の前の海が開ける。

風間、口を開く。

風間「……あの日は風の強い日だった……沢村が赤ん坊のお前と戸籍謄本《こせきとうほん》を持って訪ねてきた」

カモメが数羽、鳴きながら飛んでいくのが見える。

風間「ちょうど俺たちの赤ん坊を亡くしたばかりだった。母さんが、奪い取るようにお前を抱きかかえて乳を含ませた……」

俊「……」

風間「沢村はいい船乗りだった。朝鮮戦争でLSTの船長になって、機雷《きらい》にやられちまったが……ずっとミルク代を送ってくれていた」

俊「……」

風間「近頃、あいつによく似てきたな……お前は、俺たちの子だ」

俊「……うん、ありがとう」

俊、舳先に戻ると、コクリコ荘にＵＷ旗が揚がるのが見える。

沈痛な面持《おもも》ちで旗を見つめる俊。

○コクリコ荘・広小路の部屋

海、広小路と、旗をあげる船を待っている。

小型船はいくつもいるが、信号旗をあげる船はいない。

広小路「今日は通らないみたいだね……」

海「うん」

なお、船をさがしている海。

○坂道・朝

俊が自転車で登っていく。

○カルチェの部室

片付いていて、一寸《ちょっと》ガランとしている。俊が入って来て、上着と帽子をとる。謄写版《とうしゃばん》をセットして黙々と刷りはじめる。

重ねられていく刷り上がりの週刊カルチェ、号外。

〈よみがえるカルチェラタン〉

増え続ける女子協力者。一年二組のA子さん談……とか。

〈取り壊し問題〉
学校側、強行のかまえ……とか。
〈中間テスト山ハリ第3弾!!〉
イワシの数I、ボソの数II……。

○コクリコ荘・北斗の部屋

荷づくりは終えていて、北斗が最後の手持ち分をまとめている。海が入口から覗《のぞ》く。

海「お見送りしたいわ」
北斗「いいのよ。トラックは昼だもん」
海「さみしい……」
北斗、ニッコリして、

北　斗「遊びに来るよ。さあ、学校に遅れるよ」

海「うん」

立ち上がる。北斗が呼び止めるように、

北　斗「風間君とうまくいくといいね」

ニコッと頷《うなず》いてみせる北斗。海、一寸顔をあげて頷き、

海「行って来ます」出て行く。

○港南学園・門の内

週刊カルチェラタンの号外を配っている俊たち。顔見知りに声をかけている。

部　員「今日もやるから、頼むな」

友　人「ああ」

挨拶やら「号外！」の声やら活気がある。
海が来る。俊が配っているのに気づく。俊は気づいているのかいないのか……。

海「おはよう、ご苦労さま」

俊「やあ」言いつつサッと道の反対側を通る連中へ、海の前を横切って配りに行く。
部員が海に号外を渡す。海、振り向かないよう努力しつつ歩く。後ろでは俊たちの声が響いている。

○カルチェラタン・三階廊下

積み上げられた考古研の木箱に、整理番号を貼る手伝いをしている海。
けたたましい女子たちの声が響く。ついそちらを見る海。

○同・玄関ホール

ホールの天井のランタンに、あぶなっかしい姿勢で電球をはめている俊。

長い梯子《はしご》は住人たちの手で支えられている。おどり場のテラスから、手をとめて見物している女子生徒たち。

ランタンの五つの球がパッと灯《とも》る。

歓声があがる。考古研の連中、声にひかれて行っちゃう。

うす暗い廊下で、黙々と作業をつづける海。

○同・校門

雨が降り出す。門の外で、俊を待っている海。
傘《かさ》もささず自転車で出てきた俊、一瞬ハッとするが、自転車を止める。
ひとつの傘にふたりで入り、並んで歩き始める。
海は思い切って俊に問う。
海「嫌いになったのなら、はっきりそう言って」
俊「……」
雨が激しくなる。
俊、ポケットからあの写真を出し、海に見せる。
俊「沢村雄一郎。俺の本当の親父」
海「え？」
俊「まるで安っぽいメロドラマだ」
吐き捨てるように言う俊。
海「どういうこと……？」
衝撃を受ける海。

俊「市役所に戸籍も調べに行ったんだ。確認した」
海「そんな……」
　海、混乱する。
俊「俺たちは兄妹ってことだ……」
海「……どうすればいいの？」
俊「どうしようもないさ。知らん顔するしかない」
海「……」
俊「今までどおり、ただの友だちだ」
　俊、海の傘を差しかける手をギュッと握り、サッと雨の中へ走り出て行く。
　呆然、雨の中に立ち尽くす海。

○コクリコ荘・雨の夜・居間

空が食器を戸棚にしまっている。テーブルで夕刊を広げている牧村、広小路は頬杖《ほおづえ》して何か話が終わった感じ。牧村、空に振り向き、

牧村「空ちゃん、メル、学校で何かあったの？」

空「わからない。ふつうだよ」

牧村「そうかなぁ……、さっきのごはん一寸すごかったよね」

広小路「ズブヌレだったしね」

牧村「何かあったのよ。あんなに遅く帰ったの初めてだもん」

○同・部屋・暗い

海、ひとり、床をとってもぐり込んでいる。戸がすっと開けられ、空が覗《のぞ》く。

空「お姉ちゃん、お風呂は？」

海「……やめとく」

空「風邪《かぜ》？」

海、返事をしない。一寸間あって空、音をたてないように戸をしめる。

○夢・コクリコ荘・海と空の部屋・暗い・ひとり

布団をかぶって寝ている海。少しずつT U《*トラックアップ》。布団が消えて、過去の闇の中に丸くなって眠る海。

一葉の写真が浮かび上がって来る。良子と海と妹と弟のモノクロの写真。

その海がどんどん近づいて来て画面いっぱいまで広がる。

幼い海の泣声。

夕陽の中でひとり泣きじゃくりながら歩く五歳の海。影が長い。カメラ離れていく。ゆっくり。過去の夕陽の中で、ポツンと泣きつづけている海。

母親の良子の呼ぶ声が遠くから届く。


良子「うみー、うみー」

フッと目を開く海。コクリコ荘の自分の部屋。窓の外が白んでいる。傍《かたわ》らでは空がやすらかに寝ている。

起きなきゃ……、布団から身を起こす。頭が重い……。
＊TU……カメラが対象に向かって近づき、大写しにしていくカメラワーク。

○同・階段

ほの暗い階段を降りて来て、海、立ちどまる。居間の方から光と食器のふれる音があふれている。

誰かしら。胸騒ぎがして居間への廊下を行く。

○同・台所

朝の輝くような光が差し込む台所で誰かが、家事をしている。釜も鍋も陽気な湯気をたてている。立ちすくむ海。

振り向く人、母親の良子、晴れやかな笑顔。

良子「おはよう、海。よく眠れた」
海「お母さん、帰って来てたの」
良子「なあに？　わたしずっといるじゃない」
海「……」

外から雄一郎の声。

雄一郎「うみ――、旗を揚げるよ。おいで」

窓からのぞく海。そこは借間の物干し台だった。

○借間の物干し台

朝陽の逆光の中で、雄一郎がＵＷ旗の小さな旗竿《はたざお》をもって笑いかけている。

海「お父さん……」

雄一郎「今度は長くいられるよ」

海、走り出し、雄一郎の胸の中に飛び込む。抱きしめる雄一郎。

雄一郎「大きくなったなあ……」

声を出さずに泣く海。

○海の部屋

窓の外が白んでいる。眼を開く海。涙が頬を伝う。寝ながら泣いていたのだ。
身を起こす海。眼をこする。

○コクリコ荘・階段

ほの暗い階段を降りて来る海。
（冒頭のシーンと同じ。但《ただし》、作画はし直す）

○同・台所

海、入って来て、仕掛けてある釜の蓋を持ち上げ（昨夜、誰かが研いでおいてくれた）、ガスに点火する。

流しに花瓶を持って来て、水をとりかえ、コップの水もかえて、戸棚の上の父の写真の前に置く。

窓をあけると、雨がまだ続いている。

一瞬ためらうが、旗を持って出て、雨の中、索《さく》にくりつけ、信号旗を揚げる。

○雨の登校道

海、傘をさして歩いていく。

○カルチェラタン

雨があがって、雲間から青空が顔を出している。

○週刊カルチェの部屋

俊と部員がガリ切りをしている。

海が入って来る。

海「今日は」

俊、一寸ドギマギする。

海「お手伝いすることありますか」
俊「あ、これを頼めるかな」
立ち上がり、あわてて原稿の中から二枚ほど探し出す。
海、原稿を受け取りながら、
海「明後日まででいいですか」
俊「うん、とても助かります。ありがとう」
海、カバンに原稿を入れると出て行く。
俊、見送って、座り、厳しい顔で作業に戻る。部員「……?」という顔をしている。
水沼「(声) メル、ちょっと待ってくれ」
水沼が飛び込んで来る。
水沼「俊、緊急集会だ。理事会が夏休み中に取り壊すと決定した」

○カルチェラタン・ホール

明るい光の中に、住人が集まっている。俊、人のうしろに海がいることに気づく。呼び止められたらしい。

水　沼「校長は、決まったことだの一点張りだ」

女　子「せっかくきれいにしたのに……」

男　子「見もしないで、決めるのかよ」

弁論部「校長室に押しかけよう」同調する声しきり。

俊「理事長に直談判《じかだんぱん》したらどうかな」

水　沼「理事長って、徳丸《とくまる》財団の実業家だぜ。会うのも難しいよ」

腕を組む。

俊「行こう、東京へ」

水　沼「行くか……、(顔を上げ) メルも来てくれ、三人にしよう」

○コクリコ荘・居間

皆に取り囲まれている良子。
学校から帰ってきた海、入ってくる。

海「お母さん！」
駆け寄る海。

良子「メル、ただいま」
生き生きと、前にもまして美しい良子。

海「お帰りなさい！　アメリカどうだった？」

良子「もう勉強ばっかりの毎日だったわ。空、ボーイフレンドできた？」

空「まだ～」

陸「母さん、これ、美味しいね！」

良子「ビーフジャーキーよ」

北斗の去ったあとのコクリコ荘に笑いがはじける。

○同・書斎《しょさい》

深夜。アメリカで買ってきた書物を整理している良子。
海が張り詰めた様子で入ってくる。

良子「どうしたの？　こんなに遅く」
海「お母さんに聞きたいことがあるの」
良子「お座りなさい」
良子の傍《かたわ》らの床に座る海。床にはトランクからあふれた原書が散乱している。
良子「時差で寝られないので、片付けを始めちゃったら、ますます目が冴《さ》えてきちゃった」

海「学校の一年上に風間俊という人がいるの」

良子、手をとめて、顔をまっすぐ海に向ける。海、一気に喋《しゃべ》る。

海「北斗さんの送別パーティーの時に来て、お父さんの写真を見せたら、風間さんも同じ写真を持ってて、沢村雄一郎は風間さんのお父さんだって……」

良子、一寸眉をあげて、海を見ているが、立ち上がって、机の引き出しから、三人の青年の写真を持って来る。

良子「この写真？」

頷《うなず》く海。

良子「……そうね。ちょっとややこしい話かもしれないわね」

良子、しばらく考え込んでいるが、
良子「お父さんと私が駆け落ちしたのは話したわね」

海、頷く。

良子「あなたも覚えているでしょう。私たち、六郷《ろくごう》の稲村《いなむら》さんの家の二階で暮らしてたの。雄一郎は航海に出ていることが多くて、私はその間、あなたをお腹にかかえて学校に通ってたの。でも勉強できるのがうれしくてね、張り切ってたわ」

○雄一郎と良子の部屋（回想）

六畳一間の暮らし。身重な良子が卓袱台《ちゃぶだい》で勉強している。階段を上がって来る音に顔をあげる良子。赤ん坊とミルクの缶を抱えた沢村が上がって来る（部屋に直接階段がついている）。立ち上がって迎える良子。

良　子「雄ちゃん、赤ちゃんじゃない」

沢　村「立花《たちばな》の子だ。引き取って来た」

良　子「エエッ？」

沢　村「立花の奴、引揚げ船に乗り込んでいて事故で死んじまった。やつの女房もこの子を産むときに亡くなった。親戚はみんなピカドンだ。ほっておけば孤児院行きだ」

○コクリコ荘・書斎

良子「雄一郎は、自分の子だと役所に届け出て、無理矢理連れて来ちゃったのよ」

目を丸くして聞いている海。

良子「戦争が終わったばかりで、そういうことがたくさんあったの。でも……、あなたがお腹にいるし、私にはとても育てられなくて、船乗り仲間で欲しいという人を見つけてね、養子にしてもらったの」

海「……」

良子「その子、いい少年になった？」

頷く海。にっこりする良子。

良子「よかった……。無鉄砲だけどあなたのお父さんは、ほんとにいい男だったの。私が学問を続けられたのも彼のおかげ……」

海、思い切って聞く。

海「でも、もしも風間さんがお父さんの本当の子供だったら？」

良子「エッ？」という顔になる。考えもしなかったのだ。

良子「あの人の子供だったら……、会いたいわ。似てる？　この写真と……」

顔がゆがむ海。うつむく肩がふるえて、膝《ひざ》に涙がポタポタ落ちる。

良子、海を抱き寄せる。たまらなくすすり泣く海。そうか、その少年が好きなんだ、と良子。背をさすってあげる。

良子「うみ……」

○桜木町《さくらぎちょう》駅・朝のラッシュが終わった午前

改札口の傍《かたわ》らに水沼と俊が立っている。ふたりとも制服姿でカバンはない。海が来る。同じく制服でカバンはない。

水沼「メルは早退《はやび》きしたの？」

海「いいえ、昨日、欠席届けを出しました」

水沼「ヨシ、では諸君、行こう」

○同・プラットホーム

チョコレート色の電車が入って来る。大きな荷をかついだ、かつぎ屋のおばさんたちや、ブリキの箱を肩にかけた男等、ホームはにぎわっている。

遠慮《えんりょ》して、いちばん最後に乗り込む三人。

○車窓

煙を吐く京浜工業地帯。建設中の自動車道路。経済成長期の中心地、褐《かっ》色《しょく》にうごめく大東京に向かう電車。

吊り革につかまり、キチンと立つ三人が、よぎる車窓に見える。

○新橋駅前

活気にあふれる駅前。あふれる人、渋滞する車、工事、工事、オリンピックのポスターの氾濫《はんらん》。闇市と露店の間を、水沼の先導で進む三人。

○徳丸ビル・前

立ち並ぶ雑居ビル。バラック建築のひしめく中に、徳丸ビルの文字のある建物。

鉄筋七階建てのビルの向かいに立つ三人。信号を待っている。

水　沼「しっかりやろうぜ」

歩み出す三人。

○同・受付

狭《せま》く、汚い玄関。何やら梱包《こんぽう》された荷が積んであったりする。受付のガラス窓の中を覗《のぞ》いている水沼。傍らに立つ俊と海。受付の中年の男性が、秘書室と電話をしているらしい。水沼に顔を向け、

受付「予約はしてあるの？」

水沼「いえ、理事長に直訴《じきそ》に来ました」

緊張している俊と海。受付の男の声が聞こえている。

受付「社長に直訴だそうです……ハイ、港南高校の生徒です……、三名です」

返事を待つ間にも、次々と人が出入りする。あるものはノートに記帳し、あるものは手をあげて通る。話し込みながら出ていくYシャツ姿の男たちは、三人に目もくれない。

受付の男が立ち上がり、手で示す。

受付「左側のエレベーターで四階にあがって、そこの廊下で待ちなさい」

水沼「四階ですね」

受付「あっ、そこに名前を書いて。ひとりでいいよ」

水沼が名を書く間も、人の流れは途切れない。

○同・エレベーター

ドアが開いて、男たちをはき出す。女性も少し混じっている。乗り込む人々、押されるように乗り込む三人。

エレベーターの中の沈黙。海のすぐ前に俊の顔がある。

○同・四階廊下

ここにも梱包された本の山。ガラスケースの中の新刊本。灰皿と長椅子があり、声をひそめて話し合っている男たちがいたり、足早にエレベーターに向かって来る女性事務員がいたりする。

秘書らしき女性が歩み寄って来る。

秘　書「社長はとても忙しいんです。予約をとらないで訪ねて来ても、会えないかもしれませんよ」

水　沼「申し訳ありません。あらかじめお願いしては、お会いしていただけないと思って、押しかけました」

一寸眉をあげる秘書。

秘　書「社長にはお伝えしてあります。ムダ足になるかもしれませんが、それでもいいならここで待っていて下さい」

水沼と俊「待たせていただきます」

○同・廊下

長椅子に腰を降ろしている三人。物音や話し声が遠い。ゾロゾロと役員らしきオヤジたちが冗談をいいつつ通りすぎていく。

秘書が、お茶をもって来て、サイドテーブルに置く。ピョコンと立つ三人。


水沼「すいません」

秘書去る。

駆け足で通りすぎるジャンパー姿の若者がいる。

ドアの開く音。笑い声がはじける。ハッと顔をあげる三人。向かいのドアから、数人の男がお茶でも飲みに行こうという感じで出て来る。去る。

三人まだ座っている。

唐突《とうとつ》に、奥の社長室の扉が開く。徳丸が部屋着をはおって顔を出し、手招きする。

徳丸「君たち、入りたまえ」
急いで立ち上がる三人。行く。

○同・社長室

書籍やレコードが所狭しと積み上げられている部屋。隣の部屋では会議中の役員たちが待ちぼうけを食らっている。

徳丸、自分の机で電話をとっている。

水　沼「失礼します」

徳　丸「そこに座って。(奥の役員たちへ) すまないが一寸待ってくれ。(電話) ああ、そういうわけでね、宜《よろ》しく言っておいて下さい、ハイ、ハイ」受話器を置く。

応接セットのかたわらに立っている三人。徳丸来て、座る。

徳　丸「座って、君たち学校はどうしたのかね」

俊「エスケープしました」

徳　丸「エスケープか。オレもよくやったなぁ……。用は清涼荘《せいりょうそう》の建て直しの件だね」

水　沼「ハイ、理事長にカルチェラタンを一目見ていただきたく、直訴《じきそ》に参りました」

俊「ぜひ一度いらして下さい！」

徳丸、突然、海に目を向け、

徳　丸「君は何年生？」

海「二年です。松崎海と申します。週刊カルチェのガリ切りをやっています」

徳　丸「お父さんのお仕事は？」

海「船乗りでした。船長をしていて、朝鮮戦争のときに死にました……」

徳　丸「LST？」

海「ハイ」

徳　丸「そうか、お母さんはさぞご苦労をして、あなたを育てたんでしょう。いいお嬢さんになりましたね」

徳丸、ふたりへ、

徳　丸「判った、行こう」

水沼と俊「ありがとうございます!!」

徳丸立って、秘書に電話をする。三人呆然《ぼうぜん》としている。

徳　丸「明日は？　ああ、それは夜だな、……それは金曜に……」

徳丸、電話を切る。

徳　丸「よし、明後日に行きます。校長さんとも話をつけて正式に見学に行きます」

○新橋・駅前

夕暮れの雑踏《ざっとう》。仕事を終えたサラリーマンたちが赤い提灯《ちょうちん》を覗《のぞ》きはじめている。東京五輪音頭が流れている。
肩を並べて歩く三人。足取りも軽い。
水沼「いい大人っているんだな」
俊「まだ判らないよ」
海「でも、よかった……」
ホッとする海に、俊も思わずニッコリする。唐突《とうとつ》に立ち止まる水沼。
水沼「オレ、神田の叔父《おじ》のところに寄っていくわ。じゃあ明日」
水沼、地下鉄の方へ去る。
ふたりだけになってしまう。

○車窓の風景

夕暮れの光の中を、光のむかでになって行き交う国電。よぎる車のライト。

○電車の中

帰宅ラッシュで満員。

海がつぶされないよう、盾《たて》になってかばう俊。

○桜木町駅

改札から吐き出される人々。すっかり暗くなっている。

○山下公園

引揚げ船、興安丸《こうあんまる》が灯火を灯して繫留《けいりゅう》されている。海と俊、ふたり歩いている。

海「風間さん、もう進路は決めたの」
俊「ウン、家が貧乏だから、国立ねらいしかないんだ」
海「週刊カルチェは……」
俊「カルチェの問題が片付いたら、後輩にゆずる。メルは？」
海「まだ決めてない……お医者さんになりたいなぁって思っているけど……」

想いは溢《あふ》れながら、他愛のない会話しかできないふたり。寄り添うカップルが通りすぎる。

海「あの詩……あれ、風間さんが書いたの？」

唐突に海が聞く。

俊「メルの揚げる旗を、毎朝、親父のタグから見ていたんだ」

海「私の庭からは、船が見えなかったの……だから、応答の旗を揚げているの知らなかった……」

○路面電車の停留所

海と俊が電車を待っている。暗い通り、向こうから電車が近づいて来る。

海、顔をあげて、

海「私、母さんにはっきり聞いたの。母さんは風間さんはお父さんの子供じゃないって言ったわ」

俊「……」

海「本当のことは、母さんも知らないらしいの。でも、私が毎日旗を揚げてお父さんを呼んでいたんで、お父さんが代わりに風間さんを贈ってくれたんだと思うことにしたの」

俊「……」

電車がもうそこまで来ている。

海「私、風間さんが好き」

俊「メル……」

海「血がつながっていても、たとえ兄妹でもズーッと好き」

電車がとまる。誰も降りない。

俊が海の手を握る。

俊「俺もお前が好きだ」

海が電車に乗る。ドアが閉まる。チーンと鈴が鳴り、電車、動き始める。

俊、去って行く電車をずっと見送っている。

○喫茶店・昼

喫茶店、良子が人を待っている。
風間が入って来て、人を探す。立ち上がって、手をあげる良子。
立って迎える良子に、風間が歩みよる。挨拶をかわすふたり。

○港南学園

校門を黒のクラウンが入って来る。
校舎玄関。車がとまり、運転手がドアを開ける。
中から徳丸が降りて来る。
出迎えた事務長と校長に、やあと手をあげて挨拶する徳丸。

○カルチェラタン

玄関ホールに出迎える水沼と俊と海。

徳丸が校長を引き連れて入って来て見まわす。

回廊に立ち並ぶ住人たちが拍手で迎える。

徳　丸「なかなか立派な建物ですな」

校長に言い、傍《かたわ》らの反射望遠鏡と十年の観測データを積み上げた天文部員に歩み寄る。

徳　丸「君たちは何をしているのだね」

天文部員「太陽の黒点観測を十年続けています」

徳　丸「ホウ、十年。で、何か判ったかね」

天文部員「太陽の寿命は永く、私達の時間は短く、まだ何も判りません」

徳　丸「うん、潔《いさぎよ》くていい」

○同・階段の踊り場

哲研が、小ぎれいになった小屋にいる。ふたりほど新人が階段に座っている。

徳丸「哲学か……。君は新しい部室が欲しくないかね」

哲研「失礼ながら閣下は、タルに住んだ哲人をご存知でしょうか」

徳丸、突然、笑い出す。

徳丸「ディオゲネスか……ハハハ、校長先生、いい生徒たちじゃありませんか」

ホールで見上げている俊に、校務員が来て、メモを渡す。メモを見て出て行く俊。

○同・事務室

電話をしている俊。

俊「もしもし、父さん？」

○タグボート会社の事務室

電話をしている風間。

風間「写真の三人目の小野寺《おのでら》が近くに来てる。彼なら詳《くわ》しい事を知ってるそうだ」

俊「え……!?」

風間「船が港にいる。四時に出港する。外国航路だからしばらく戻らん。今から来い」

○カルチェラタン・正面

徳丸が二階のテラスに立つと、合唱が沸き上がる。
生徒会会歌を唄う男女生徒。
直立して聞く徳丸。

紺色のうねりが
のみつくす日が来ても
水平線に　君は没するなかれ
われらは　山岳の峰々となり
未来から吹く風に　頭《こうべ》をあげよ

徳丸は感動して一歩進み、

徳丸「諸君、このカルチェラタンの値打ちが今こそ判った。教育者たるもの、文化を守らずして何をかいわんやだ。私が責任をもって、別な場所にクラブハウスを建てよう」

ワァッと沸き上がる歓声、拍手。

その中で、俊が海に駆け寄り何か言う。ふたり走り出す。

水沼が徳丸に歩み寄り、

水沼「閣下、あのふたりに人生上の重大事が発生しました。ふたりは駆けつけねばなりません」

徳丸「エスケープか！　青春だなぁ」

冷やかしと拍手と歓声に送られて、ふたりは校門へ走る。

○校門前

おりよく米屋の源さんのオート三輪が来る。

手を振って止める海。急停車したオート三輪の荷台に俊と海乗る。オート三輪、走り出す。

○道行（1）

坂道をフルスピード（といっても40km／時）で、ガタガタ激しく揺れながら駆け下りる。

○道行（2）

車で渋滞している国道。オート三輪を捨てて、車の列をすり抜けて走るふたり。栈橋《さんばし》へ。

○栈橋

ふたりを待っていた通船。乗員が舫《もやい》をとっている。

乗員「俊ちゃーん、急げ」

俊「すみません」

ふたりが乗ると共に栈橋を離れる通船。

○海上

一寸波《ちょつと》がある。激しくかぶりながら停泊地へ向かう通船。風としぶき。

操舵室《そうだしつ》の脇に立つ俊と海。

操舵室の天蓋《てんがい》が開いていて、船長らしき男が頭を出して指差す。一隻《せき》の船が錨をあげつつある。寄り添うように一隻のタグボート。

俊「親父のタグだ」

○貨物船「航洋丸」

見上げるような船体。ドウドウと排水を吐き出している。

通船が近づくと、タラップが降ろされて来る。

俊が上下するタラップに飛び移り、海に手を貸す。

ふたり、タラップをのぼって行く。

○航洋丸のブリッジ

俊と海が入って来る。

船長の小野寺がサッと敬礼する。

反射的に敬礼する俊。

小野寺、傍らの航海士に、
小野寺「出航を十五分のばす」

小野寺歩み寄る。

小野寺「そうか、君は立花の息子か……。あなたは沢村のお嬢さんか……。立派になった」

小野寺、一葉の古い写真を差し出す。写真を覗《のぞ》く俊と海。商船大学の実習中と思われる写真。十数人の若者が写っている。

小野寺「俊君といったね。君の父親は立花洋《ひろし》だ。その写真の前列の右から四人目だ。その隣に沢村もいるのが判るだろう」

小野寺「私たちは親友だった。君のご両親が亡くなった時、自分は海に出ていた。でなければ沢村じゃなくても、自分もそうしたと思う」

小野寺の目に涙が光る。

小野寺「立花と沢村の息子と娘に会えるなんて、うれしい。ありがとう、こんなうれしいことはない」

手を差し伸べる小野寺。その手を握る俊。

小野寺、海にも手を伸ばす。海、手をとり会釈をかえす。

○海上

航洋丸《こうようまる》がなごりの汽笛をならす。

ブリッジから手を振る船員たち。UW旗をあげて、離れていくタグボートから手を振る俊と海。

航洋丸は巨大な波をまきあげて外海へ向かっていく。

見送る俊と海。

ブリッジで舵輪《だりん》を握る風間が、俊のほうを向く。

(いい子だな)と海に目をやり、ガラにもないウインクをする。

○コクリコ荘のある丘

近づいていくタグボート。丘の上にキラキラと旗が見える。
俊と海、晴れやかな笑顔をかわす。海は、父を取り戻し、俊と帰るのだ。
夕陽に輝く海は、広小路の絵に重なって——

おわり

「脚本 コクリコ坂から」ができるまで

丹羽圭子

2010年1月のある日、スタジオジブリの鈴木プロデューサーから『コクリコ坂から』という古いコミックスが送られてきました。

〈次の映画の企画です。時代を東京オリンピックの前年である1963年に変え、舞台は横浜にする、というのが宮さんのアイデア〉

さっそく読んでみると、80年代のラブコメ王道の絵柄に、学園闘争、異母兄妹といった内容がうまくはまらず、バタバタで完結した感じもあり正直ピンときませんでした。

どうやって映画に？　と思ううちに、宮崎さんの「企画のための覚書」が届きました。

そこには、「人を恋《こ》うる心を初々《ういうい》しく描く」という作品のテーマとともに、物語の発端《ほったん》とラストの象徴的な場面も書き込まれていました。

横浜港を見下ろす丘の上から、父のために毎朝信号旗を揚げ続ける少女。

海上のタグボートからその姿を見る少年。少女は待ち続けた父の代わりに少年と一緒にタグボートで帰途《きと》につく。海の上から自分の住む古い洋館と、翻《ひるがえ》る旗を見ながら……。

まるで予告編を見るように、目の前に美しい海を背景にした少年と少女の一途な姿が浮かび上がってきました。二人を応援する汽笛も聞こえてきます。これは素敵な映画になると、一気に引き込まれました。

「父親たちは戦争に行ったんです」

2月に入って、初のミーティング。宮崎さんの話は戦後から始まりました。船乗り仲間だった海の父と俊の父。俊の父は引き揚げ船で事故死。海の父親は朝鮮戦争でLSTに乗るが、その船が爆発、沈没する。お葬式で、小さな海には父の死がわからない。父との結婚を反対され、駆け落ちしていた母だったが、三人の子供を抱えて一人では厳しく、やむなく実家に戻る……。

海たちの青春である高度経済成長期に加え、両親の青春時代だった戦後の混乱期の二つの時代が描かれることになります。

さらに、大きな変更点が伝えられました。

海が頼りにする北斗を女性にし、コクリコ荘を女性の巣にすること。

一方、俊たちの新聞部のある古い文化部部室の建物を、通称カルチェラタンとし、旧制高校の硬派な雰囲気を残した変人たちの巣にすること（クセの多いキャラクターの宝庫となる）。

映画のかくれ縦軸として、カルチェラタンの取り壊しが決定されて、ここをなんとか存続させようと、俊と水沼たちは躍起《やっき》になる。海と俊が出会いひかれていくのをこの流れの中におくこと。

こうして原作からダイナミックに変貌《へんぼう》した、宮崎さんの「コクリコ坂から」が次第に姿を現してきました。

さて、脚本作りに入ります。宮崎さんのお手伝いをするのは「アリエッティ」に続いて2度目ですが、「どうやって作るの？」と、よく聞かれますので簡単にご説明しましょう。

まず、宮崎さんがホワイトボードにストーリーの流れを書いていきます。

タイトル前に、爆発するLST。喪服の写真、父親たちの写真が遺された旗を揚げる海、海から来る少年

女の巣、コクリコ荘の朝の騒ぎ、主婦を演ずる海（部活を一切やっていない子）

港南学園（2年前に男子部と女子部が統合された）

週刊カルチェラタンの記事に海の名前が載《の》る

眼前に3階から貯水槽《そう》に飛び降りる少年、かけよる生徒たち、

海の前に浮かび上がって、俊と海のはじめての出会い、やらせに気づき怒る海

といった具合。そしてボードの横に立ち、大学の先生のように棒で指し示しながら、一つ一つを詳しく説明。生徒の私はそれをノートに取り、シノプシスに起こす。そこに宮崎さんは、次々に新しいアイデアを加える。これを繰り返し、イメージが固まった部分から順にシナリオの形にしていく……というように進行します。

宮崎さんが特にこだわったのは二つのシーン。

俊が窓から飛び降り、海が驚く二人の出会い。原作の中でもハイライトで、宮崎さんの心を捉《とら》えた場面だと思います。この後、海が旗を揚げるときに俊が空から降ってくる姿が見え、海は恋に落ちます。

もう一つは、俊がコロッケを買って海にあげる場面。ここから二人の恋がトントン拍子に進むキーポイントとあって、宮崎さん自ら俊になりきって身振り、手振りを交えて説明。その名演技は忘れられません。

それにしても、宮崎さんの考えはどんどん変わります。前回、熱く語っていた部分を、次には惜しみなくカット。もっと凄いアイデアが飛び出します。振り返っている暇《ひま》はありません。すぐに別のボートに乗り換えて、目的地まで、さあ、どうやって到着するか…？　ハラハラ・ドキドキの2ヵ月間を経て、脚本は完成しました。

大変な日々でしたが、目の前で、宮崎アニメが出来上がっていく過程を体験するのですから、こんなに面白いことはありません。そんな天才の思考過程を単行本『脚本　コクリコ坂から』のほうに少し詳しく書きました。宮崎さんのイラストや写真も多数入っていますので、ご興味のある方はご覧ください。

映画の方は、宮崎吾朗監督の演出が加わり、また新たなものになっていると思いますので、これはまさしく宮崎駿版「コクリコ坂から」です。

原作マンガ、映画とぜひいっしょにお楽しみください。

2011年3月

企画はどうやって決まるのか

鈴木敏夫

1

企画はどうやって決まるのか。よく聞かれる質問だ。「コクリコ坂から」になぜ、決まったのか。じつは、いろんな企画を検討していた時期がある。

最初は、リンドグレーンの『山賊のむすめローニャ』をやろうということで、吾朗君（宮崎吾朗）が中心になって、シノプシスを書いたり、この企画をやりたがっていた近藤勝也が参加し、キャラクターを描いたりしていた。しかし、検討すればするほどぴんと来ない。

がらっと気分を変えて、山本周五郎の「柳橋物語」をやろうと、ぼくが言い出しっぺになった時期もある。江戸時代に起きた地震と洪水と大火で大混乱に陥《おちい》る江戸の街を背景に、若い男女の話が絡《から》む。

主人公おせんには、幼なじみの大工の男友達がふたりいた。立派な大工になる目的を持つ庄吉は、おせんと将来、夫婦になる約束をして上方に旅立つ。一方、愚直《ぐちょく》な幸太は、求婚を拒絶され続ける。その最中、江戸の町を大災害が襲う。

おせんは江戸の大火で死にそうになるが、幸太が現れておせんを救う。だが、幸太は命を落としてしまう。記憶をなくすおせん。気がつくと、その両の腕には、見知らぬ赤子を抱いていた。おせんは、幸さんとうわ言を言っていたため、赤ん坊は〝幸太郎〟と名付けられてしまう。

そのことが誤解を生んで、帰って来た庄吉はおせんを責める。それは、幸太の子に違いないと。記憶が戻ったおせんは、だれが自分を本当に愛していたのか、理解する。

そして、孤児《こじ》の幸太郎と共に強く生きてゆく決意をする――。

この題名の由来は、ここに橋さえあれば、多くの人が死なずにすんだ。ということで、後に、柳橋《やなぎばし》が架《か》かったというのが、落ちになっている。元々、街に関心のある吾朗君は、江戸時代の古地図を手に、いろいろ妄想《もうそう》が膨《ふく》らんだようで、その後、順調に推移していたのだが、諸般《しょはん》の事情でこの企画もぽしゃった。

いま思い返すと、ぞっとする。この企画を、そのまま推し進めていたら、何が起きていたんだろうか。

地震を予感していたとは、間違っても言わない。

太平の世に、ひとつの警鐘《けいしょう》として災害を扱い、人が生きる上で何が大事なのか、それをテーマにぼくは作りたかった。

ちなみに、ぼくの生まれ故郷は名古屋。子どもの時に、伊勢湾《いせわん》台風の恐ろしさを身をもって体験した。

2

企画が決まらずに、重苦しい日々が続いていたある日のこと、宮さん（宮崎駿）が突然、言い出した。

「鈴木さん、コクリコをやろう！」

そのひとことで、ぼくは、一瞬《いっしゅん》にして思い出した。

話は20年くらい前にさかのぼる。

信州《しんしゅう》にある宮さんの山小屋で、少女漫画を原作に映画を作れるかと、夜な夜な、議論した。メンバーは、若き日の押井守《おしいまもる》や庵野秀明《あんのひであき》、それに馬之介《うまのすけ》たちだった。あれをやるのか。宮さんは、あの時、この企画をやめたのは、原作に出てくる学生運動が、いまどき流行《はや》らない。それが理由だったが、いまならそうじゃない。

一昨年の12月27日のことだった。

年の瀬で、このまま年を越えたら、2年連続で映画を作るというぼくらの目論見《もくろみ》が水泡《すいほう》に帰す。それも仕方のないことか、そう思い始めていた矢先だった。

ぼくも決断した。早速、吾朗君に話した。彼の決断も早かった。

「こうなったら、なんでもやります！」

まだ、原作もろくに読み返していない。しかし、「ローニャ」の企画をいじり始めてから数えると、1年以上の歳月が流れようとしていた。

年が明けると、早速、宮さんのシナリオ作りが始まった。

同時に、キャラクター作りと美術設定が始まった。

ぼくは、「借りぐらしのアリエッティ」と同じく、丹羽圭子の起用を提案した。宮さんにも異存は無かった。

丹羽圭子という女性は、ぼくの「アニメージュ」時代の部下のひとりだった。入社してきたときから、何を考えているんだか、よく分からない、いつも、ぼ～っとしている。しかし、原稿を書かせると上手《うま》い。実に要領よく、原稿をまとめる。

当時のぼくは、編集長として部員の原稿を直しまくっていたので、彼女の原稿を見るときだけは、ほっとしたものだった。

あるとき、脚本家の一色伸幸《いっしきのぶゆき》の本を出版することになった。編集部にやってきた彼が驚いた。

「彼女……に、丹羽圭子、ですよね」

彼の解説によれば、学生時代、松竹シナリオ研究所の同期生で、いつだって、彼女が一番上手だった。陰でみんなで〝天才少女〟と噂《うわさ》していたんです。しかし、突然、行方《ゆくえ》をくらましてしまって……。

丹羽圭子を問い詰めると、あっさりと認めた。しかし、その後も、彼女は何事も無かったように仕事に精を出した。

ぼくが、ジブリで仕事するようになって、「海がきこえる」のシナリオを彼女に発注すると、彼女は、すぐに引き受けてくれた。そのときも、別段、驚いた風も見せなかった。

その後、「ゲド戦記」でも、その腕を見せてくれることになる。

そして、「借りぐらしのアリエッティ」で、宮さんがだれかシナリオライターが欲しいと言い出したので、彼女を推薦《すいせん》した。

仕事は順調に推移した。

やり方は、こうだった。

一応、起承転結を、宮さんがホワイトボードに描いておく。

さらに、設定をホワイトボードに描きまくる。

そして、それらを元に、思いついたことを、想像を巡らしながら、つぎからつぎへと話して行く。

それを、ほとんどの場合、一晩で、彼女が原稿に書き起こす。おまけに、辻褄《つじつま》合わせもやってくれていた。

その間、つまり、夜中に、あるいは、スタジオへ出勤の途中に思いついた新しいアイデアを、宮さんは、翌朝、彼女を前に機関銃のように喋《しやべ》りまくる。

この繰り返しの果てに、「借りぐらしのアリエッティ」も「コクリコ坂から」のシナリオも出来上がった。

参考までに言うが、この間、ぼくは、宮さんと組むはずだった多くのシナリオライターを何人も見てきた。しかし、いずれも、宮さんの頭の回転の速さに、あるいは、その凄《すさ》まじい〝朝令暮改《ちようれいぼかい》〟に、全員が姿を消していった。

丹羽圭子は、なぜ、宮さんの後をついて行けるのだろうか。

3

それにしても、企画というのは面白い。

「柳橋物語」で考えたことが、じつは、「コクリコ坂から」で役に立った。海と俊が異母兄妹かもしれない。そのことが、この映画の大事なポイントのひとつになるのだが、結局、それは戦後の混乱期に、友人の遺《のこ》した赤ん坊を自分の子どもとして、届けを出したことが原因になっている。

自分の子でもないのに、自分の戸籍に入れてしまう。

今年、70歳を迎えた宮崎駿にとって、それは当たり前の感覚だ。ぼくにしても、小学5年生のときに自動車を街中で乗り回していた。親父の経営していた会社の車を運転したがるぼくに、運転手さんが教えてくれたのだ。すれ違うお巡《まわ》りさんが、ニコニコと手を振ってくれた日が懐《なつ》かしい。時代が寛容だった。しかし、現代人には理解しがたい。

ぼくの中で、幸太郎とふたりで生きようと決心したおせんと「コクリコ坂から」の話が重なった。そして、そういう映画を作る意味も垣間《かいま》見えた。

映画スタッフ・キャスト

スタッフ

原作　高橋千鶴・佐山哲郎（角川書店刊）

企画・脚本　宮崎 駿

脚本　丹羽圭子

音楽　武部聡志（徳間ジャパンコミュニケーションズ）

主題歌　手嶌 葵「さよならの夏〜コクリコ坂から〜」
（ヤマハミュージックコミュニケーションズ）
作詞 万里村ゆき子　作曲 坂田晃一　編曲 武部聡志

キャラクターデザイン　近藤勝也

撮影　奥井 敦

音響　笠松広司

プロデューサー　鈴木敏夫

監督　宮崎吾朗

キャスト

松崎　海　長澤まさみ

風間　俊　岡田准一

松崎　花　竹下景子

北斗美樹　石田ゆり子

松崎良子　風吹ジュン

小野寺善雄　内藤剛志

水沼史郎　風間俊介

風間明雄　大森南朋

徳丸理事長　香川照之

引用文献

『注文の多い料理店　イーハトーヴ童話集』（宮沢賢治　岩波少年文庫）

脚《きやく》本《ほん》 コクリコ坂《ざか》から

宮《みや》崎《ざき》 駿《はやお》
丹《に》羽《わ》圭《けい》子《こ》

角川文庫 16888

JASRAC 出 1105015-101

平成二十三年六月二十五日　初版発行

発行者—井上伸一郎
発行所—株式会社角川書店
東京都千代田区富士見二—十三—三
電話・編集（〇三）三二三八—八五五五
〒一〇二—八〇七八
発売元—株式会社角川グループパブリッシング
東京都千代田区富士見二—十三—三
電話・営業（〇三）三二三八—八五二一
〒一〇二—八一七七
http://www.kadokawa.co.jp
印刷所—暁印刷　製本所—BBC
装幀者—杉浦康平

み 37-1　ISBN978-4-04-394445-3　C0193

角川文庫発刊に際して

角川源義

第二次世界大戦の敗北は、軍事力の敗北であった以上に、私たちの若い文化力の敗退であった。私たちの文化が戦争に対して如何に無力であり、単なるあだ花に過ぎなかったかを、私たちは身を以て体験し痛感した。西洋近代文化の摂取にとって、明治以後八十年の歳月は決して短かすぎたとは言えない。にもかかわらず、近代文化の伝統を確立し、自由な批判と柔軟な良識に富む文化層として自らを形成することに私たちは失敗して来た。そしてこれは、各層への文化の普及滲透を任務とする出版人の責任でもあった。

一九四五年以来、私たちは再び振出しに戻り、第一歩から踏み出すことを余儀なくされた。これは大きな不幸ではあるが、反面、これまでの混沌・未熟・歪曲の中にあった我が国の文化に秩序と確たる基礎を齎らすためには絶好の機会でもある。角川書店は、このような祖国の文化的危機にあたり、微力をも顧みず再建の礎石たるべき抱負と決意とをもって出発したが、ここに創立以来の念願を果すべく角川文庫を発刊する。これまで刊行されたあらゆる全集叢書文庫類の長所と短所とを検討し、古今東西の不朽の典籍を、良心的編集のもとに、廉価に、そして書架にふさわしい美本として、多くのひとびとに提供しようとする。しかし私たちは徒らに百科全書的な知識のジレッタントを作ることを目的とせず、あくまで祖国の文化に秩序と再建への道を示し、この文庫を角川書店の栄ある事業として、今後永久に継続発展せしめ、学芸と教養との殿堂として大成せんことを期したい。多くの読書子の愛情ある忠言と支持とによって、この希望と抱負とを完遂せしめられんことを願う。

一九四九年五月三日

角川文庫の『コクリコ坂から』関連書籍

コクリコ坂から

高橋千鶴

原作・佐山哲郎

映画原作
コミック

【解説・宮崎吾朗】

角川文庫　ISBN 978-4-04-394444-6